하늘 투명 거울

김창운 시집

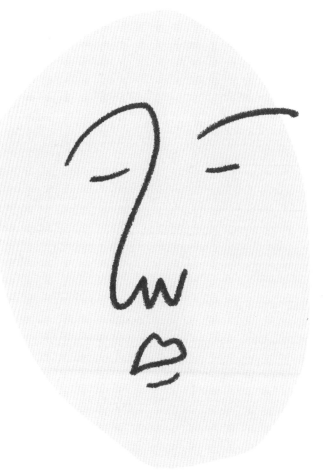

하늘 투명 거울

김창운 시집

삶은
순수에서 피어나 순수로지는
한 떨기 꽃이요

시詩는
나무와 풀꽃이 손짓과 향기로 전해주는,
해와 바람이 눈짓과 율동으로 말해주는
설법說法이며

시인은
머리를 쥐어짜며 고뇌하는 글쟁이가 아니라
대자연이 불러주는 삶의 메시지를
흐름 따라 받아쓰는 사관이자

자연의 이치와 사랑을 전하며
일상에 지친 마음을 달래주는 치유자요

맑고 순수한 영혼을 가진 동자승입니다.

Sky, Transparency, Mirror ———.

4부 새털구름 사이로 별 하나 반짝인다

1부

연못이 나를 비추고

반면교사反面教師

야윈 어미 까치에게 쫓겨난
덩치 큰 까마귀 세 마리 울분을 토해내려는 듯
목청 높이며 솔밭 위를 빙빙 돌고 있다

청명한 하늘 투명 거울 속에 투영된
까마귀들의 구겨진 자존심

맨발로 걷던 그대 눈길 까만 발등에 머문다

제라늄

올해도
어김없이 말이 아닌 삶으로
참 존재를 보여주는 그대

존재의 그리움
다소곳이 숙인 가슴에 품고

소박한 꿈 피워 올린 선홍빛 그 미소

삼월이 가는 소리

시린 꽃물결

온 마음에 번진다

길동무

고향 집 앞개울에서
가재 잡던 개구쟁이

어느덧 지천명知天命 지나
인생길 돌아보니

청청한 내 삶의 고향 추억 속에 잠기고

대도시
빌딩 숲을
내달리는 자동차들

그 무엇을 얻기 위해
물밀듯이 꼬리를 무는지

참 자아 찾아 나선 길 홀로 걷는 그대여

그림일기

구름 사이로
빼꼼히 고개 내민
봄햇살 간지럽다

간지럼 견디지 못해
벚나무 가지마다 울룩불룩
꽃망울 꿈틀댄다

울긋불긋 삼삼오오
운동 나온 어르신들 둘레길 따라
뭉근 발걸음 사각댄다

구절초

길섶에
동그마니
떠오른 보름달 하나

미소 띤 그대 얼굴
해맑은 그대 마음

온 세상 환히 비추는 맑고 고운 참사랑

빛 내림

밤새 토해낸 거미의 은빛 열정
기하학으로 엮은 씨줄과 날줄
아침 안개 속 빛 내림으로 다시 태어난다

자연의 빛은 사심私心이 없으나
세인世人들은 알지 못하지

이 아침, 그대 눈을 비추는 한 줄기 빛

노안老眼

1

가까이 있는 당신이 흐릿해지고
멀리 있는 그대 더 또렷해 보이니
이 무슨 변고變故인가 싶어

동녘 하늘 발그레 번져오는 이 아침
그 이치를 곰곰 되짚어 보니

세월이 남기고 간 선물이더라

2

앞으로 몇 세월 더
세상을 내 눈으로 바라볼 수 있을까
밤하늘의 별과 달을 찬란한 네온 불빛을

아쉬워 말지어다
눈으로 보이는 게 전부가 아닌 것을

심안心眼을 키워주는 그대, 곁에 있으니

머리를 손질하며

거울 속
자신을 들여다본다

불혹不惑을 훌쩍 넘긴 그대
마음은 아직도
유년幼年의 강가에서 자라던
백양나무 햇살 머금은 이파리처럼
강바람에 반짝이는데

아뿔사!
지난 세월 아련한 추억들
어느새
은빛 실가지로 돋는다

동심童心에 빠지다

눈곱만한 비행기 한 대, 꽁무니에다
제 덩치보다 부푼 실타래 소리 없이 풀어헤치며
파란 하늘에 뽀얀 금 길게 그어 놓고 모른 척 달아난다

근린공원 양지바른 벤치에 앉아 있던,
하얀 마스크 낀 노부부 나란히 쳐다보고 있다

뿔테 안경 너머로 빙긋이 미소 짓는 뽀로로

아我, 바라보기

시린 햇살 번지는 아침
아파트단지 울타리마다 오월의 장미
너도나도 울 밖을 내다본다

울 너머 분주한 세상
신기루를 좇고 있는 잿빛 영혼들

진주조개 앙다문 입은 깊고 푸르다

향수鄕愁에 젖다

고향 집 뒤뜰 감나무 아래 장독대
나만의 빛깔 나만의 향기 농익어 가는
배불뚝이 식솔들 옹기종기 모여 앉아 있었지

"좆 타면 불알 눈는다!"시던 할매 목소리,
진하게 익어가는 간장독에 얼비치면

감나무 가지마다 장맛 들듯 떫은 감 익어갔었지

동시 세상

점심을 먹고 난 후
볕 좋은 창가에 앉아 동시를 읽고 있다

가을 햇살이 시린 눈을
비비며 어깨 너머로 곁눈질한다
나뭇가지 사이로 바람이
어느새 달려와 키 낮은 목소리로 읊조린다
구름도 문득 발길 멈추고
내려앉아 지그시 눈 감고 귀 기울인다
제비부전나비 한 쌍, 운율에
맞춰 괭이밥 꽃잎 위를 너울댄다

온 세상이 동시다

봄날 저녁

시나브로 어스름이 깔리는 근린공원
산책 나온 비숑프라제 한 마리 온 세상 다 가진 듯
둘레길 헤집으며 깡둥깡둥 뛰어다닌다

어둠살이 짙어 가는 만큼
가로등 불빛 고요히 피어나고

어둑한 산자락 둥지 찾는 산박새 소리 잔잔한,

동심원

매미 울음 숨 고르는 나른한 연못 위로
방울방울 여우비 소리 없이 내리면
잠든 아가 입가에 미소가 가득

자유로운 리듬에 맞춰
여기저기 사방팔방 원을 그린다

아가와 엄마, 한마음으로 그리는 동그라미

지금, 이 순간에 머물다

아파트단지 내 조그만 동백숲

그 숲에서 새어 나오는 가녀린 노랫가락

근린공원 향하던 내 발걸음 슬며시 잡아당긴다

단출한 잿빛 외투 말쑥하게 걸쳐 입고

동백나무 매끈한 가지 움켜쥐고 앉은 박새 한 마리

넌지시, 먼 하늘 흰 구름만 바라본다

봄기운

창포 숲 어귀에서 마주친 그대 얼굴
수줍어 눈감으면 설레는 마음으로
산책길 발걸음 따라 감겨오는 봄기운

곡강천 고수부지 파르라니 내민 얼굴
상긋한 고향 내음 캐고 있는 그대와 나
흙 묻은 호미 끝자락 묻어나는 봄기운

새하얀 물결 무늬 찰방찰방 등에 지고
다다닥 다르르륵 분주한 쇠딱따구리
고요한 창포 숲길에 흩뿌리는 봄기운

바람에 실려 오는 약속의 말씀 따라
온몸으로 사각대는 졸참나무 마른 잎새
세월의 흔적 속에서 전해오는 봄기운

존재, 그 의미를 찾아서

출근길 언덕배기 끝자락에 나앉은 컴퓨터 자판 하나
글쇠마다 그렁그렁
봄비에 젖은 눈물 자욱

깜빡이며 내달리던 환한 모니터 세상에서 쫓겨나
한세월 돌고 돌아 수명을 다한 것도 죄인지

가지마다 방울방울 지빠귀 울음 걸린다

범부채, 하루를 태우다

실개천 눈뜨는 봄부터 말매미 목청 트이는 한여름
속살 내비치며 연초록 부챗살 가지런히 엮어온
오랜 기다림의 영혼

가슴 가득 품은 발그레한 꿈 망울
볼록하게 감출 순 없었지

하루해의 열정, 서녘 하늘 불태운다

홍옥

한여름
따가운 햇살
결대로 빚어낸

아싹아싹
새그랍고 짭조름한
그 맛

바알간
얼굴빛에
달콤하게 묻어나는,

지금도
그 시절 떠올리면
입 안 가득 고이는

그대 생각

빛과 소리

남 탓 하지마라
환경 탓 하지마라
나지막이 떨리는 보랏빛 목청

짓눌린 육신보다
닫힌 마음 더 아프다

속 여문 그대 영혼 온 세상 비춘다

깨달음

너덧 살쯤 되어 보이는
사내아이, 건들건들 그네를 타며 웃고 있다
하-하-하-하-, 하-하-하-하-

헛된 욕심 베어 물고
억지웃음 지으려 애쓰고 있는 그대

맨발이 소리 없이 웃는다

희생

한겨울
군불 때던
시골집 장작더미

세모와
동그라미
오종종히 내민 얼굴

오늘은
그 누굴 위해
불태우리, 이 한 몸

생불生佛

주말 낮 희끄무레 흐린 나직한 하늘 아래
용흥동 고가도로 옹벽 틈새 오동나무 한 그루
전생과 내생을 오가는 듯 온몸을 출렁인다

세파에 한없이 흔들리는 그대
마음만은 고요할지니

그대가 곧 부처로다

세월, 읽다

초겨울
낮은 햇살
흐르는 담벼락 앞

신문지
움켜쥔 손
빼곡한 삶의 여정

볼록한
돋보기 너머
지난 세월 읽는다

이슬

온 세상
품고 있는
사랑의 수호천사

그대의
넉넉한 마음
햇살에 가득 담아

천지간
허기진 영혼
맑고 곱게 채우네

한계

연못이
나를 비추고
세상을 담아낸다

내가
나를 담아내고
세상을 비춘다

세상은
아는 만큼 보이고
사랑하는 만큼 들릴 뿐

더도 덜도 아닌
딱 그만큼

2부

그대 홀쭉한 그림자가 투명하다

놓아버림

근린공원 공동체 텃밭 우북하다
자줏빛 광대나물꽃, 하얀 냉이꽃, 노란 유채와 민들레
다채로운 이웃사촌들이 물결처럼 일렁인다

무심코 뿌려진 무의식의 텃밭에서
스스로 깨어난 존재들

그대 홀쭉한 그림자가 투명하다

상처

피가 흘러내리던 자리
견디기 힘들었던 아림과 쓰림의 기억들
딱지로 봉인된 채 시간이 흐른다

내면에서 고통을 삭이느라
기억의 뿌리들 꿈틀대며 쉼 없이 문을 두드릴 때
그대에게 필요한 건 마지막 인고의 시간

새살이 돋아나면
딱지는 저절로 떨어지는 법이지

무위無爲

바람이
불지 않아도 낙엽은 지고
파도가 치더군

그대가
곁에 없어도 해는 뜨고
날이 저물더군

정중동靜中動

한겨울 숲속 나무들
무표정한 얼굴이지만

줄기 속 도로망엔 차량으로 분주하지

꽃샘추위 견뎌내고
때맞춰 봄눈 틔우는 일

세상일이란 결국
작은 정성과 보이지 않는 힘에 좌우되지

겨울 숲의
차갑게 끓어오르는 열정과
그 뜨거운 함성

무념무상無念無想

코로나 여파에도 봄은 왔건만
거실 창가 장미 허브와 남천, 잎이랑 줄기마다
덕지덕지 허옇게 들러붙은 깍지벌레 일당들

해묵은 집착의 버짐인가
무시로 돋아나는 상념의 몸부림인가

텅 빈 느티나무 가지에 내려앉은 까치 한 마리

존재

1
내시경실 침상 위 모로 누운 생의 헛구역질
아침나절 무심한 황소 되새김질하듯
입가엔 질펀한 세속의 침 흐른다

실험용 흰쥐 한 마리
거뭇한 날 쳐다보며 연민에 빠진 이른 아침

길가의 돌멩이도 참선 중이시다

2
민달팽이 한 마리가
느릿느릿 숲길을 건너고 있었다
하세월에 건널까 긱징하던 그 찰나,

억겁의 우주 끝에서
날 지켜보던 그대에게

알몸으로 들켜버린,

겨울 자작나무

움켜쥔 부귀영화 미련 없이 다 버리고

새털 같은 마음으로 높은 하늘 경배하는

그대,
마음의 등불
인간 세상 비추네

내가 가진 어느 것도 내 것이 아니란 걸

봄여름 가을 겨울 현실의 땅 딛고 서서

참 행복
이르는 길을
온몸으로 보여주네

동백꽃

시린 겨울바람
켜켜이 껴입었던 외투를 벗고
따사로운 봄볕을 누린 날이
며칠이었더냐?

주말 비바람에 무던히 내려앉아
지빠귀의 연둣빛 울음소리
타고 내리는 햇살을 향해
마지막 미소 짓는 붉은 몸짓이어라!

내려놓기

시골마당 까만 빨랫줄에 매달린 빨래집게 자매들
악다문 입, 일할 때나 쉴 때나 매한가지다
무슨 집착 그리 많은지

그대 가득 움켜쥐고 있는 건 없는지
나도 욕심만 붙잡고 매달려 사는 건 아닌지

푸른 강물은 무심히 흐른다

필사筆寫

귀뚜라미 울음 어둠의 마디 이어가고
사각사각 이어달리기하는 까만 글자들의 외침
손가락 마디마디 힘주어 꺾는다

홀로 앉아
나와 세상을 읽는 시간

그대 영혼에 아로새기는 손 글씨

빗에 대한 단상

아침마다 거울을 보며 빗질한다
헝클어진 머릿결 가지런히 갈무리하는 빗
뒤엉킨 내 마음결도 곱게 곱게 빗어넘겨 주었으면

이기심과 탐욕으로 배배 꼬인 관계의 머리카락
한 올 한 올 풀어주고 바로잡아 주는 빗

어두운 세상 한 줄기 올곧은 참 빛이어라!

천성산, 오르다

가파른 절벽 아래 습관의 굳은 고리
온몸으로 내던지는 홍룡폭포 물줄기여
일상 속 모난 내 마음
반듯하게 깎아주오

계곡 옆 지키고선 무념무상 편백 나무
물소리 새소리를 불경으로 듣는 마음
수시로 고개 내미는
묵은 아상我相 씻어주오

천성산 능선 따라 말없이 엎드린 채
원효대사 발자취를 굽어보는 화엄 늪
옛 성현聖賢 고귀한 말씀
묵상으로 전하네

나무 아래서

고요한 아침이다
바람이 불지 않아도 낙엽이 진다, 이제껏
바람이 이파리를 떨구는 줄 알았지

가득 차면 비우는 게 자연의 이치인걸
놓아버리지 못하는 이 마음

나무 아래서 좀 더 머물러야겠다

까치밥

어린 시절
고향 집 뒤뜰 지키고 섰던 감나무
늦가을 저녁 답이면
붉은 노을 길게 품은 주홍 감
가지마다 주렁주렁 매달고 있었지

자연의 마음을 닮아
공존의 지혜를 터득한 조상님들
주린 마음 달래 줄
사랑의 등불 몇 알 남겨두셨지

콕 찌르면 확 쏟아질 듯한
파란 하늘 까만 가지에 알알이 매달려
여린 속마음 시리도록 내뱉고 있는 홍등

긴 대나무 작대기로 따서 먹으면
달짝지근 말랑말랑 감미로운 그 맛
지금도 눈감고 조용히 그 시절 떠올리면
기을 햇살 일록딜록 땅바닥을 뒹구는

감나무 이파리에 발갛게 묻어난다

말씀

파도가
전해주네
무언의 참 말씀을

인간 세상
의미 없고
뒤틀린 말 넘쳐나니

너와 나
함께 살아갈
고운 말씀 전하네

벌건 대낮에 1

맨발로 걸으며 책을 읽고 있자 하니
어디선가 출몰한 날벌레 한 마리가 불온서적 검열관인 양
가장자리에 붙어 앉아 꼼짝도 하지 않고 눈알을 굴리고 있다

이성복 시인의 시론,『불화하는 말들』
개뿔도 없었던지 멋쩍은 날갯짓만 하다 말다 하더니만

어라, 미안하단 말도 없이 휑하니 내빼버렸다

벌건 대낮에 2 - 재회의 변辯

마음도 읽지 못해 이름도 알지 못해
상처만 준 것 같아 부끄럽고 미안하네
글 벗이 되고픈 그대 알아보지 못한 죄

언제든 어디서든 그댈 다시 만난다면
내 마음 전하리라 다짐하고 있던 참에
신의를 저버리지 않고 다시 와 줘 고맙네

햇살이 눈 부신 오늘 운명처럼 또 본 그대
진심 어린 내 마음 어떻게 알았는지
행간을 두루 살피며 삶의 지혜 거두네

시詩답잖은 시 1 - 정체성

도대체
시란 녀석, 무엇이길래
두 시 반이 지난 새벽
오줌이 마려워 일어났다가
베란다 창틀 넘어
울어 쌓는 귀뚜라미 소리에 젖어
시랍시고 끄적이는
넌, 또 뭐니?

시, 네놈이
밥 먹여줄 것도 아니면서
잠만 설치게 하였으니
다음 날 돈벌이에
지장만 줄 터인데
다시 또 잠들려다
끄적이고 또 끄적이고 있는
넌, 도대체 뭐니?

시詩답잖은 시 2 - 정체성

도대체 시는, 뭐꼬?
아무리 기별을 넣어도 소식 한 줄 없다가도 세수나 샤워 중에
불쑥불쑥 찾아오는, 순간을 놓치면 오간 데 없이 사라지고 마는,

삶이란 결국 기회를 붙잡는 일이라는
개똥철학 한 줄 낚으려고 발버둥 치며

오늘도 시답잖은 시를 낳고 있는 넌, 누구?

입춘전야立春前夜

723호 병실 난방기 설정 온도 30℃
침상에 담요 한 장 더 깔고 이불 두 장 덮고도
팔순 중턱 아부지는 한기가 든단다

코트도 벗고 자켓을 벗어 던져도
지천명 갓 넘긴 막내아들 콧등엔 땀방울이 송송한데

'죽을 힘 없으이 살 수 베끼 더 있나!' 하신다

벌초

문명의 이기에 길들인 광분한 예초기의 고함
산골짝을 타고 넘자, 눈에 띄는 자들 발치에 걸리는 자들 모조리
피 한 방울 흘리지도 못한 채 맥없이 스러진다

해마다 이맘때면 묻지 마 살인 행각에
산천초목 무고한 민초民草들 피눈물을 흘려도

말쑥해진 조상님 아무 말씀이 없어라!

풍경 하나 사색 둘

개구진 표정으로

내 집인 양 공원을 휘젓고 다니는 고동색 푸들

분주한 발걸음에 투명한 햇발 감기고

공원 둘레길 따라 나지막이 엎드린 산자락

앙증맞은 산박새 소리 새그랍다

눈앞에 핀 민들레 두 송이 가깝고도 먼 사이

설법說法

한여름
부푼 욕심
올올이 걷어내고

초겨울
해 질 녘에
도 닦은 연꽃 동자

응축된
기하무늬로
부처님 법 전하네

72

우리는 하나 1

근린공원 어귀 까만 전깃줄 위

까마귀 한 쌍 나란히 목을 빼고 내려다보며

질러대는 고함에 가던 길 멈춰 선다

꽃샘바람 불어오는 공원 둘레길 바닥

까치 한 마리 눈을 부릅뜬 채 모로 누워 있구나

따스한 손길로 묵상 기도 중인 아침 햇살

우리는 하나 2

열흘 전쯤 근린공원 메마른 잔디밭에
조그만 녹색 섬들 점점이 솟아나고 있더니
그 섬들 이제, 서로 손 맞잡고 일어선다

춘분날 부푼 그대 춤사위에
꽃샘추위도 심술 바가지 슬며시 내려놓자

봄바람 손짓 따라 하얀 목련 깨어난다

김장

굵직한 소금비에 흠뻑 젖는다
울긋불긋 매콤짭짤 갖은양념으로 온몸을 애무하고
깊은 독 안에서 일심동체 익어간다

허공처럼 나를 비워내고
하나로 어우러진 너를 닮고 싶어

맛과 속이 다 깊은,

각성

도서관 발길 끊고
시집도 담을 쌓고

바쁘다는 핑계 대며
허송세월 반년 되니

메마른 마음 밭 자락 풀 한 포기 돋지 않네

와중渦中에 한 오라기
건져 올린 깨달음은

사랑이 곧 관심이요
관심이 곧 사랑이란

지고한 자연의 섭리 불변하는 진리였네

3부

굽이치는 하얀 길

인생길, 가다

1

적병의 화살처럼 쏟아지는 햇살
매미의 떼창에 묻어나는 솔 향기
팔공산 올레길 2코스, 왕건 길 걷는다

오고 가는 정담 속
굽이도는 인생길

길 위에서 구름에게 길을 묻는다

2

지천명 바라보는 희끗한 나이
죽마고우 한자리에 모여
팔공산 올레길 따라 인봉을 오른다

살아온 인생만큼 오른 길 돌아보니
굽이치는 하얀 길 녹음綠陰에 묻혀 따라오는데

그대, 가야 할 길 가깝고도 멀구나!

*인봉 : 팔공산에 있는 봉우리 중 하나

나이테

해마다 한 올 한 올
동심원 그려내듯

겹겹이 물결처럼
동그랗게 번져나듯

그대의
마음속 깊이
새겨넣은 인생사

일상 변주곡

저 멀리

산 고개 넘어

개미 떼 행진하듯

자동차 행렬 꼬리에 꼬리를 물고 가는

곧게 뻗은 우회도로

저마다

자신만의 이익을 좇아

앞만 보고 질주하는

직선의 소리

문명의 소리

봄기운

살랑대는

솔가지마다 산새 소리

구름 한 점 없는 푸른 하늘만큼

평온한 창포 숲길

저마다

자신만의 고운 음색으로

일상의 변주곡을 연주하는

곡선의 소리

자연의 소리

옹이

깊은 산속 고목 나무 부르튼 몸통마다
울룩불룩 솟아오른 크고 작은 옹이 마디

지천명知天命 바라보는 그대 마음 그늘 자락
언뜻언뜻 내비치는 뿌리 깊은 마음의 혹

작은 상처 얕은 옹이 큰 상처 깊은 옹이
깊고 너른 마음 품은 강인한 삶의 흔적

인생

삼라만상 품고 있는

우주의 맑은 호수에서

채움의 음표들과 비움의 쉼표들

하나둘 낚아 올려

그대 소우주의 텅 빈 오선악보 마디마디를

인연 따라 흐름 따라 채워 가는 초행길

도道, 흐르다

가녀린

강아지풀

일렁이는 몸짓 따라

영롱한

이슬방울

열반涅槃에 드셨구나

위대한

자연의 섭리,

도道를 따라 그렇게

*열반涅槃: 모든 번뇌의 얽매임에서 벗어나고, 진리를 깨달아 불생불멸의 법을 체
득한 경지

인생, 흘러가다

불미 숲길 한가운데
훤칠한 이팝나무 삼 형제
가지마다 새하얀 쌀밥 고봉으로 차려놓았다

손님맞이 분주한 까치 소리
모친 칠순 잔칫날인가 보다

길 건너 선원禪院 오색연등, 물끄러미 내려다보고 있다

* 불미 숲 : 시내에 자리 잡고 있는 도시 숲 이름

장미

분주하고 깊이 없는 찰나의 시간
푸른 모가지 길게 빼고 울 넘은 붉은 청춘들아
부조리한 바깥세상에 피가 끓더냐

울 안에서 지켜보는 관심의 무게가 버거워
울 밖의 무관심이 사랑으로 보이더냐

선 자리 지키고 선 그대 미소 그립다

민들레

따스한
봄날 오후
고향 집 마당 가에

발자국
샛노랗게
찍어놓고 서 있더니

한순간
마음 텅 비운 채
창공으로 날았네

몽돌

파도가
밀려오면
온몸을 내맡기고

파도가 밀려가면
서로를 다독이며

한세월
다 흘러가도
변치 않는 묵은 정

봄날 아침

근린공원 쉼터 벤치 등받이 끄트머리에
딱새 한 마리가 뽀송한 황톳빛 가슴 가녀리게 떨며
두리번두리번 사방팔방 살핀다

수시로 까딱이는 꽁지깃은
그대 삶의 방향타

산수유 꽃망울이 짤막한 손 꼬물댄다

바람 따라 마음 따라

맨발로 걸으며 책을 펼쳐 읽는다
『무한화서無限花序』, 이성복 시인의 시론이다
문장 하나하나가 그대로 시다

맞바람 불어오니 바람개비 돌아가고
온 세상이 왁자지껄하다

시는 삐걱대는 바람개비다

봄산

28번 국도 따라 나지막이 엎드린 산자락
꽃샘추위 두어 번 다녀간 뒤 견딜 수 없는 열병이 도졌는지
등허리 허리마다 연초록빛 애벌레들 꼬물거린다

눈치만 보다가는
내 삶의 참 빛깔 빚어내긴 어려울 터

청아한 그대 마음 햇발에 묻어나는,

스스로 돌다

이른 아침 신제지 연못가

팔각정 마루 아래 초록 물고기 한 마리

외줄에 매달려 공중 곡예 중이다

좌로 빙글 우로 뱅글

봐주는 이 하나 없어도 빙그르르 뱅그르르

그대의 팽이는 스스로 돌고 있는가

맨발의 향연

매일 공원 흙길을 맨발로 걷는다
박새가 물고 온 꽃향기 하나, 바람이 떨구고 간 소식 한 줌
내 마음속 글 바구니에 고이 담는다

와글와글 봄햇살이 빚어내는 꽃 잔치에
꿀벌의 언어들 윙윙거리며 익어가고

하얀 나비 나풀나풀 날아와 그대 영혼 깨운다

자아 발견

숲속 오솔길에선
올려다보지 않아도 알 수가 있지
그가 무슨 나무인지를

걸어온 인생길
내가 남긴 흔적이 곧 나인걸

아까시나무 아래서 나를 보았네

윤회輪廻

아침 산책길을 나선다

가녀린 바람결에 툭, 떨어지는 나뭇잎 하나

생을 마감하는 거룩한 의식이 발아래 뒹군다

나도 생을 다하면 저 나뭇잎처럼

어느 영혼의 그림자로 스며들지 알지 못하지

산골 암자 동자승이 해맑게 웃고 있다

인연

눈에 보이는 관계보다
눈에 보이지 않는
인연들이 더 소중합니다

많은 관계 속에는
감출 수 없는 가식과 욕심이
숨어 있습니다

어떤 인연 속에도
보이지 않는 진실과 순수함이
배어납니다

그러므로
인연 따라 왔다가
인연 따라 가는 것이
아름다운 삶입니다

공존共存

내연산 보현암 오르는 길
새소리 물소리 서로 부딪치지 않고
상긋한 향기 햇살에 실어 나르는데

회색 도시 아침 출근길
도로는 늘상 동맥경화를 앓고 있지

상생폭포는 고요히 흐른다

시월 아침 숲에서

산비알

텃밭 자락

풍겨오는 들깨 향

귀뚜라미 쓰르라미

잔잔한 산 여울 소리

시월의 첫새벽 숲을 깨워 주는 목소리

저 건너 작은 암자 수탉들의 긴 목청

숨죽인 거미줄이

지키고선 오솔길

외마디

툭, 몸 던지는

저 도토리 누군가

단풍

이 가을
싱그러운
햇살 타고 반짝이는
낙엽 따라 뒹구는
내 마음

오후의
따스한 햇살
온몸 가득 스미어
투명한 속살 내비치며
내 마음 유혹하는
가을빛
언어

삶이란 1

참나를 찾아 나서는
고독한 수행의 길

만나는 중생마다
누구나 아픔이 있어도

어쩌랴,
놓지 못하는
그대들의 업業인걸

삶이란 2

?와 !의 산물産物이니

?와 !가 없다면 깨어 있지 못한 영혼이요

끊임없이 ?를 던지고 !를 얻는 고뇌와 환희의 반복이라네

?는 화두話頭요, !는 깨달음이라

자연은 삶의 ?와 !를 길어 올릴 맑은 샘터

지금, 그대의 뿌리는 올곧게 내리고 있는가

맨발 걷기-나를 찾아 떠나는 여정

동녘 하늘 발그레한
여명을 등에 업고

근린공원 언 땅 위를
맨발로 걷노라면

별처럼
찬란한 고독
깨어나는 내 영혼

비둘기
울음소리
묵직한 산자락을

끼고 도는 오솔길에
진아眞我 찾는 중생이여

멀리서 찾지 마시게

그대 안에 있으니

승화昇華

이슬방울이 맑은 것은
그대 얼룩진 마음 담고 있기 때문입니다

이슬방울이 고요한 것은
그대 소란한 마음 품고 있기 때문입니다

이슬방울이 둥근 것은 밤새,
모난 그대 마음 보듬어 주었기 때문입니다

이슬방울에 비친 세상이
거꾸로 거꾸로 매달려 있는 것은
바른 세상 꿈꾸는 그대 마음 때문입니다

새벽찬가

새벽하늘 총총한 별 어둠을 연다
밝은 표정 맑은 눈빛 나를 반긴다
근린공원 뽀송한 꽃댕강나무꽃 그 미소가 달달하다

멈춰선 삶은 시리다
시린 삶은 멈추지 않는다

새벽은 살아있다

생의 한가운데

뒷산 자락
옹벽 아래
터 잡은 풀꽃 하나

햇살이
남기고 간
산 그늘만 고요한데

오 그대,
생의 한가운데
키워가는 하얀 꿈

4부

새털구름 사이로 별 하나 반짝인다

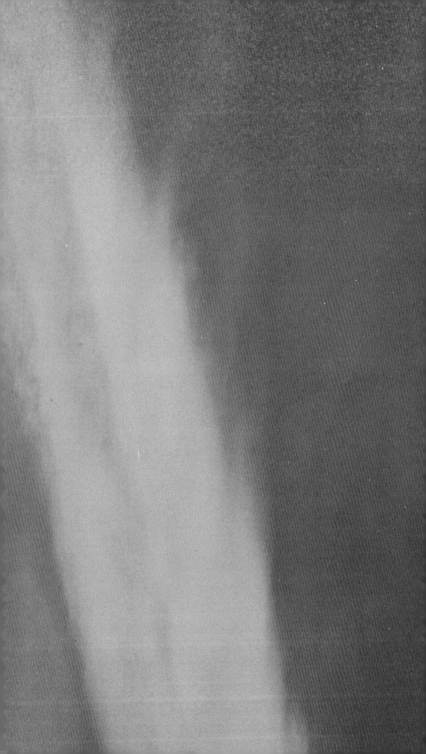

사모곡思母曲

1

6학년 초가을 뙤약볕 아래

뒷밭에서 김매던 어메

긴 목청 돋운다

철없던 막내아들,

'플란다스의 개' 봐야 한단 말이야!

팔월 한가위, 바랭이풀만 무성하다

2

유세차,

을미 팔월 임진삭 초삼일 갑오

땅거미 질 무렵 온 가족이 고향 집에 모였다

뒷짐 지고 제사상을 둘러보시던

아버지, '아따 마이 차렸네!' 하신다

새털구름 사이로 별 하나 반짝인다

* 維歲次, 乙未 八月 壬辰朔 初三日 甲午

그런 날

살다 보면
가끔은 사람이 그리워지는
그런 날 있지

그런 날
허공에다 전화기로 마음속 쭉정이를
흩뿌리는 그대여

살다 보면
때로는 자연이 보고 싶어지는
그런 날도 있지

그런 날
도심 속 네온 불빛 숲길을 빈 가슴으로
걷고 있는 그대여

살다 보면 그런 날들 있으리니
지천명 다가선 그대 마음 발자국
어느 별에 새겨야 하나

진실

새벽별 하나
사진으로 남겨보려 하였으나
눈으로 본 그 별 아니다

애써 남기려는 이유가 무엇이냐
증거와 결과만이 필요한 세상

별은 알고 있으리

삶

1

신제지 연못가 무궁화나무 우듬지
은빛 수은등 아래 거미 한 마리, 한 줄기 바람에
미동도 없이 생사를 건 침묵의 시간

거미에겐
길목이 중요하지

그대, 기다림의 끝은 어드메인가

2

한여름 아침 출근길
일터로 향하는 자동차들 꼬리에 꼬리를 물고
도시 숲길 벚나무 지지대를 오르내리는 개미 떼 발걸음이 분주하다

먹고 사는 일
무엇이 이토록 저들을 몰아가는지

흰 구름은 말없이 흘러간다

민박집 소곡小曲

계곡 물소리 새소리 개구리 울음소리 깊어 가는 초여름 밤
울진군 북면 두천길 민박집 앞마당 감나무 아래 벗님들 둘러앉아
칠순 넘은 주인마님의 인생 특강 듣는다

툭 투둑, 세속의 욕심 덜어내는 풋감 떨구는 소리 소리마다
굴곡진 생의 마디마디에서 농익은 삶의 지혜 묻어난다

총총한 별들도 귀 기울이는 밤이다

하마터면

참새 박새 주고받는 청아한 노랫가락
새털구름 하늘 아래 벚꽃 송이 만발한 길
맨발로 묵언 수행 중이었지

지구를 횡단하던 공벌레 한 마리
내 오른발 엄지발가락 끝에 걸리던 찰나, 또르르

제 몸통 돌돌 말아 소우주가 되었지

우주의 언어

드넓은 우주 공간 빽빽한 언어의 숲
긍정의 둥근 잎과 부정의 모난 가시

수시로
허공을 날며
간택 받길 원하지

속 좁은 내 마음 밭 메마른 이랑마다
목을 빼고 기다리는 가뭄 속 단비처럼

촉촉한
언어의 씨앗
흩뿌리는 그대여

수행修行

덕송골 도로변 산기슭

진초록 개나리 우거진 울타리

아늑한 둥지 하나 고이 품고 있었다

어제 출근길엔 비둘기 한 쌍, 전깃줄 참선參禪하더니

오늘은 보금자리에서 묵언수행默言修行 중이시다

백 일 후, 도道 날아오를지어다

봄소식

주말 아침 소박한 식탁 위에
보글보글 끓고 있는 뚝배기 된장찌개
모정이 번져 나는 상긋한 냉이 향 몽글몽글 피어오르고

방울방울 떨어지는 봄비 젖은 매화 향기
어린 박새 목청 타고 가녀리게 묻어나니

고개 숙인 수양버들 연둣빛이 찬연하다

사랑을 요리하다

아들 녀석, 오랜만에 쇠고기국 끓여달란다
쇠고기, 참기름, 무 납작 네모 썰기, 버섯
대파 엇 썰기, 콩나물 대가리 뗀 것, 고춧가루, 다진 마늘, 간장, 소금

보글보글, 아빠의 손맛과 사랑과 정성이 몽글몽글 피어오른다
한 사발씩 뚝딱 비운다

거실 창가 파릇한 허브 화분도 쑥쑥 자란다

봄날 1

아침 햇살 따사로운 시골집
초록 텃밭 너머 감나무 가지마다
참새 울음 또랑또랑 날아올랐다

움트는 새순 요리조리 쪼아대며
때맞춰 새참 먹는 갑다

이랑마다 쳐다보던 감자순, 한 뼘은 더 자랐겠다

봄날 2

장인 영감의 소박한 꿈 알알이 쏟아지는 모판 위로
장모의 잔소리 섞인 흙더미가 소나기처럼 후두둑 지나가자
직사각형 모판 가득 옹골찬 꿈 알들이 묻힌다

고희古稀를 훌쩍 넘긴 아득한 세월
희끗희끗 봄바람 따라 무논 자락에 찰방대고

텃밭 위를 맴돌던 종달새 풍년을 노래한다

행복으로 가는 여정

구름 사이 희끗희끗
곁눈질하는 햇살

돋아나는
생각 줄기
단 한 마디 없다마는

나 홀로 공원 둘레길 맨발로 걸었네

쉬지 않고 오십 분을
말없이 걷는 동안

잡념의
묵은 뿌리들
헛발질만 하는 찰나

외손주 얼굴 마주 보며 번져 나는 저 미소

이끼 1

1

뙤약볕 가시 박힌
강마른 그대 육신

밤새 내린 사랑의 비
잿빛 각질 적셔주니

연초록 새 생명의 빛 함초롬히 돋았네

2

출근길 빗물 젖은 인도 블록 사이사이

깔깔깔 까르르륵
연둣빛 악동 행렬

나란히 두 손 맞잡고
꿈의 나래 펼치네

이끼 2

산사태 방지용 옹벽 위
뙤약볕 가시 박힌 목마른 잿빛 버짐
밤사이 시원한 빗줄기가 은혜를 베풀었나 봐

함초롬히 꿈으로 젖어 든 가슴마다
손 맞잡고 떠오른 초록별 무리

내 마음에도 희망이 돋는다

담쟁이

1
고요한
도시 숲길
옹벽을 부여잡고

귀한 삶
이어가는
결연한 붉은 영혼

보아라!
꿈의 씨앗은
그대 안에 있나니

2
길 없는
벽 더듬어
녹색길 내었다가

그 길에

아이들 꿈

발그레 피웠다가

한 생을

마감한 그대

점자로 환생했네

버섯

비바람
휩쓸고 간
처절한 삶의 터전

선 자리
일어서는
결연한 외침 속에

정의의
뿌리내리는
민초民草들의 봉기蜂起여

잎새

이른 봄
핀 꽃,
아름답다

꽃 지자 내민
잎새,
숨이 멎는다

다름과 틀림 사이

오늘 아침상엔 파르라니 봄나물 무침 두 가지,
울릉도 취나물은 구수하고 도타우며
열무 무침은 상큼하니 맛이 얇다

세모와 네모가 공존하는
이 둥근 세상에서

까무잡잡한 난, 하얀 아까시꽃 피우오리다

손 편지

1
손가락 마디마디 힘주어 적은 마음

편리함을 앞세우는 e메일이 대세지만

지구촌
그 어디든지
깊은 사랑 전하지

2
손으로 꾹꾹 눌러 정성을 담은 편지

편리한 메일보다 깊은 정 담긴 편지

지나온
삶의 흔적들
되새기는 회고록

3

손 편지 고운 편지 내 마음 가득 담은,

편지지 한줄 한줄 내 사랑 듬뿍 담은,

지순至純한
우리의 사랑
주고받는 마음 밭

위로

쉼 없이 달려드는 어둠 속 백마들이

긴 갈기 번뜩이며 잠든 영혼 후려칠 때

그대 향해
눈 깜빡이며
토닥이는 별 하나

주말 밤 휩쓸고 간 비바람의 흔적인지

싱그러운 동백 꽃망울 발아래 나뒹굴 때

가만히
보듬어 주는
나지막한 햇살 한 줌

겨울 저녁 답

퇴근해서 집에 오니 배가 슬슬 고파졌어
거실에 앉아 『무한화서無限花序』 펼쳐 들고 아내랑 강정을 먹었지
그녀가 한입 베어 먹는 소리가 내 눈엔 엄청 맛있었어

마지막 남은 강정 하나,
아내가 날 더러 떨이하래서 한입에 깨물었더니

내 소리도 맛있단다

* 『무한화서無限花序』 : <문학과 지성사>에서 펴낸 이성복 시인의 시론

희망 전도사

옹벽 틈 사이 파르라니 풀꽃 하나
햇발에 묻어나는 하얀 미소가
삶의 희망 꽃피운다

가파른 생의 갈라 터진 세상
하늘이 무너져도 솟아날 구멍은 있다 했지

하루해가 옹골차게 저문다

얼음꽃

추워서
꽁꽁 얼어야만 피는 꽃 있네
추울수록 울룩불룩 풍성한 꽃송이들
얼수록 그대 마음속
차오르는 그 열정

한겨울
세찬 바람 폭포수 흔들다가
지치고 힘이 들어 박제된 영혼들이
밤새워 토해낸 입김
새하얗게 빛나네

삶, 피어나다

산고産苦 치르는 어미
겨우내 연초록 이파리 하나씩
밀어 올렸다

물오른 사월 싱그런 잎사귀 사이로
작은 도깨비방망이 새하얀 사랑 전한다

인고忍苦의 세월, 삶은 피어난다

마음 풍경

가슴 가득 스미는 아침 안개
그대 발자취 소리 없이 지우고
뒤따르던 새소리 어느새 산책길 밝혀준다

길섶 푸른 갈대 잎새마다
비비새 가족, 아침 식사가 행복하다

길은 이어지고, 희망이 자란다

인생학교

살아 있는 사람은 누구나 재학생이라 예. 연령 제한이 없는, 모두의 배움터이기도 하지 예. 가족, 이웃, 친지를 비롯한 모든 인류가 동문이라 카디 더. 그라고 예 입학식과 졸업식은 따로 없다꼬 그카는데, 세상 구경 처음 하는 날이 입학이고 예, 내 영혼이 떠나 눈 감는 날이 졸업이라꼬 안 그카닝교.

다른 학교들과는 달라 가주고 여서는 마 없어도 되는 기 마이 있다니 더. 예를 들어 보자카면 말이시더, 학교 울타리도 없고 예, 정해진 수업시간, 교과서, 그라고 선생님도 따로 없다는 거 아임니꺼. 마카다가 서로서로 선생님이기도 하고 학생이기도 하는 기라 예.

무엇보다도 결정적으로 있잖심니꺼 모든 기 지 하기 나름이고 마음 묵기에 달렸다는 거 아인교. 지 스스로 살아가면서 느끼고 배우는 기 마 젤로 소중한 공부인 기라 예. 그라고 또 공부 잘한다꼬 조기 졸업하는 것도 아이고, 공부 못한다꼬 졸업 안 시키는 것도 아이고 언제 졸업할지는 아무도 모른다카데 예. 그라이까네 우리 마카다 이 학교 졸업할 때까정은 우짜든지 서로 돕고, 이해하고, 사랑하고, 따뜻한 정 나누며 살아 가입시더. 알겠지 예.

Sky, Transparency, Mirror ————.

한 편의 시, 삶의 전환점이 되다!

시골 외딴 과수원집에서 4남매 중 막내로 자랐다. 약골로 태어나 감기나 배탈을 달고 살았다. 몸이 약하고 건강하지 못하니 마음 또한 불안하고 소심했다. 집에 손님이 찾아오면 귓불까지 검붉어진 채 엄마 치마폭에 숨기 일쑤였다. 초등학교 6학년 때 갑자기 엄마가 돌아가셨다. 믿고 기댈 언덕이 사라졌다. 이후 더욱 소심해지고 움츠러든 삶을 살았다. 그때부터 생존을 위한 눈치 보기가 시작되었고, 남을 의식하며 보여주기 위한 삶을 사느라 힘겨웠다.

40대 중반 인터넷에서 우연히 시 한 편을 만났다. 박성우 시인의 「삼학년」이라는 시였다. 이 시가 지금의 나를 만들었다. 간결하고 쉬우면서도 삶의 메시지를 담은 시가 좋았다. 「삼학년」이 그랬다. 이후 일 년 동안 지역 공공도서관에서 시집을 빌려 읽었다. 시를 분석하지 않고 분위기와 느낌에 집중하려

했다. 마음에 와닿는 시를 읽으면 평온하고 행복했다.

계속 읽다 보니 어느 순간 뭐라도 쓰고 싶었다. 시랍시고 끄적이기 시작했다. 시답잖은 시가 많았지만, 생각 줄기가 돋아나는 대로 적어 나갔다. 억지로 머리를 쥐어짜는 게 아니라 나와 우주의 주파수가 서로 연결되어 자연스럽게 받아쓰기 하는 느낌이 들 때가 있었다.

시를 쓰기 위해 전문가의 강의를 듣거나 따로 이론을 체계적으로 공부한 적은 없다. 자주 시집을 빌려 읽었다. 시 쓰기에 도움 될 만한 책을 구매해 읽기도 했다. 책을 읽거나 유튜브 채널을 통해 시 쓰기와 관련된 자료를 틈틈이 만났다. 이론과 실제는 달랐다. 이론을 제대로 습득하지도 못하였지만, 이론만 갖춘다고 시가 저절로 나오지는 않는다. 직접 써 보는 꾸준함보다 더 좋은 방법은 없다는 걸 깨달았다. 이에 앞서 시집이나 다른 책 읽기가 필요함을 또한 느꼈다.

시에 삶의 철학이나 메시지를 담고 싶었다. 시집 이외에 철학, 미술, 사진, 건축 등 독서 분야를 다양하게 넓혀 나갔다. 가까운 산으로 가서 홀로 자연을 관찰하고 사색하는 시간을 가졌다. 맨발로 걸으며 내면을 성찰하면서 자연과 하나 되는 순간을 경험하였다. 기본적인 이론을 먼저 갖추고, 다양한 분야의 책을 많이 읽고, 일상에서 마주치는 모든 대상을 이전과 다르게 바라보려는 '낯설게 보기' 등이 모두 중요함을 깨달았다.

엄마가 돌아가시기 약 보름 전에 있었던 일을 소재로 2013년 어느 봄날 시 한 편을 썼다. 바로 「사모곡思母曲」이라는 시이다. 기억을 더듬어 보면 TV 만화 영화를 보느라 엄마의 부탁을 거절했다. 지금도 그때 기억이 생생하다. 만화 영화를 얼마나 보고 싶었으면 그랬을까 싶다. 철없던 어린아이의 마음과, 야속했을 엄마의 마음이 지금도 고스란히 느껴진다.

전하고자 하는 마음을, 하나의 메시지를 시에 담는 일이 쉽지 않다. 우리는 저마다 다르다. 모두를 충족시킬 수는 없다. 글쓴이 자신이 첫 번째 독자이다. 첫 번째 독자인 자신의 마음을 움직일 수 있어야 한다. 내가 아닌 독자의 관점으로 냉철하게 읽어봐야 한다. 한 걸음 물러나서 자신의 글을 바라보기는 쉽지 않다. 그래도 노력해야 한다. 첫 시집을 엮으며 고민하는 시간을 보냈으나 한계를 넘어서지 못한 부분이 많다. 이제 첫걸음을 떼려 한다. 어떤 평가를 받게 될지 두려움과 부끄러움이 앞선다. 평가는 평가일 뿐이다. 남들의 평가 이전에 스스로 좌절하거나 자만하지 말고 있는 그대로 자신을 직시하고 성장과 발전을 위해 묵묵히 나아갈 수 있기를 바랄 뿐이다. 이제 시작이다. 나의 시작이 작은 변화를 일으키고, 나 자신을 먼저 감동하게 하고, 그 에너지가 내면을 가득 채우고 넘쳐흘러 주변을, 세상을 더욱 아름답게 만들어 갈 수 있기를 소망한다.

언제부터인가 시를 쓴답시고 수시로 떠오르는 삶의 조각들을
주머니에 주워 담아 두곤 했다. 단편적인 조각들이 그럴듯한
한 편의 시로 탄생하기도 하고, 때로는 어느 주머니에 있는지
조차 모른 채 사라져 버리기도 했다. 가끔은 잊고 있던 주머니
속의 조각들이 다시 살아나 걸어 나오기도 했다.

한 편의 시를 타인에게 처음 보여주는 일은 알몸을 드러내
는 것처럼 부끄러웠다. 하지만 글을 잘 쓰고 못 쓰고를 떠나
아무리 사소한 것일지라도 하나의 대상을 만나면 주의 깊게
관찰하며 다양한 시각으로 바라보는 습관이 생겨난 것은 좋
은 일이다. 일상에서 마주치는 대상을 통해 자신을 돌아볼
기회를 가지는 것도 삶을 풍요롭게 하는 데 많은 도움이 될
것이다.

계속 글을 쓰던 어느 날 이종광 님의 시조 시집 『초록빛 내
안의 꿈』을 만나고 난 뒤부터 시조 시 형식에 재미를 붙이
기 시작했다. 시조는 우리 선조들의 삶 이야기를 리듬에 맞
게 응축해 놓은 운문이라 할 수 있다. 그렇다고 리듬에 맞춰
글자만 배열한다고 시조가 되는 것은 아니다. 본질을 외면한

채 형식만 그럴듯하게 갖추는 것은 속 빈 강정이나 다름없다. 난 그저 음절 수를 맞추는 데에만 신경을 썼다. 내용의 깊이도 없고 분명하게 전달해 주는 메시지도 없이 그저 형식만 추구할 뿐이었다.

어떻게 하면 내용과 형식을 모두 갖추면서도 읽는 이에게 감동을 줄 수 있는 글을 쓸 수 있을까? 글쓰기에 관한 많은 책이 시중에 나와 있어 틈틈이 읽어보았다. 머리로는 이해가 되지만 가슴으로 느껴지는 것들은 그리 많지 않았다. 머리로 이해가 되는 것은 일상에 적용하여 실천하기가 어려웠고, 가슴으로 느껴지는 것은 실제 글로 옮겨 나만의 문장으로 살아 숨 쉬게 하기가 쉽지 않았다. 혹자의 말대로 많이 읽고 많이 생각하고 많이 써 보는 것 이외에는 특별한 방법이 없는 모양이다.

필자가 네이버에서 운영하는 블로그 이름은 「일상의 떠오르는 느낌들」이다. 이 말처럼 일상생활 속에서 순간순간 떠오르는 느낌을 놓치지 않고 붙잡아 두었다가 잘 익혀서 곱게 차려 내고 싶은 마음 간절하다. 언제까지 글을 쓰게 될지는 모르겠지만 펜을 놓게 되는 날까지 내 마음속에서 솟아나는, 꾸밈없고 맑은 글의 향기를 이 세상에 번져나게 하고 싶다. 맑은 글을 통해 나 자신과 이웃 그리고 온 세상이 초록빛 꿈으로 물들어 가는 걸 보고 싶다.

일상의 강가에서 마주치는 돌멩이를 하나씩 주워 모아 요모조모 살피며 떠오르는 느낌을 시랍시고 끄적여 두었다. 그중 일부를 골라 첫 시집으로 엮었다. 아직도 가야 할 길이 멀다. 눈앞에 있어도 보이지 않는 그림과 곁에 있어도 들리지 않는 음악이 더 많다. 보지 않아도 보이고, 듣지 않아도 들리는 경지를 바라지는 않는다. 삶은 내가 만들어 가는 조각 그림 맞추기라고 생각한다. 욕심만으로는 이룰 수 없음을 알기에 완벽함이 아닌 완성을 향해 묵묵히 나아가길 바랄 뿐이다. 일단 첫발을 내디딜 용기가 있어야 다음 발걸음을 뗄 수가 있다. 몰매를 맞더라도 꺾이지 않는 마음을 갖고 용기 있게 한 걸음씩 천천히 나아갈 생각이다. 경기장에 직접 서 보지 않고서는 생생한 현장의 느낌을 경험해 볼 수는 없지 않겠는가? '초록빛 내 안의 꿈'을 그리기 위해 겸허한 마음으로 경기장을 향해 발걸음을 내디딘다. 주인 된 삶, 깨어 있는 삶, 꿈꾸는 삶을 위하여! 너와 나 그리고 우리 모두 더불어 행복한 세상을 위하여!

하늘 투명 거울

초판발행 · 2024년 6월 20일

지은이 · 김창운
펴낸이 · 한주은
편집 · 여수민 이슬아 임단비 하소현
표지 · 임단비
발행처 · 도서출판 클북
등록 · 504-2019-0000002호 (2019. 2 8.)
　　　　경북 포항시 북구 양덕로 16, 기쁨빌딩 3층
　　　　054-255-0911　　054-613-5604(fax)
　　　　ask.gracehan@gmail.com

　　　　ISBN 979-11-92577-02-9 03810